www.rily.co.uk

Cyhoeddwyd gan Rily Publications Ltd 2021

Rily Publications Ltd, Blwch Post 257, Caerffili CF83 9FL
Hawlfraint yr addasiad © Rily Publications Ltd 2021

Gan fod llawer o rigymau yn y testun gwreiddiol, addasiad yn hytrach na chyfieithiad yw'r testun Cymraeg.

As there is a great deal of rhyming in the original text, the Welsh text is an adaptation rather than a translation.

Addasiad gan Elinor Wyn Reynolds

Cyhoeddwyd gyntaf yn Saesneg yn 2014 dan y teitl *Shiver Me Timbers!* gan Imagine That Publishing Ltd, Tide Mill Way, Woodbridge, Suffolk, IP12 1AP.

ISBN 978-1-84967-609-0

Argraffwyd yn China

Mae'r cyhoeddwr yn cydnabod cefnogaeth ariannol Cyngor Llyfrau Cymru.

Haliwch Yr Hwyliau!

Oakley Graham

Nina Caniac

Addasiad Elinor Wyn Reynolds

Dyma stori môr-leidr cas a'i griw ffyrnig, honco.
Mi godan nhw ofn gyda'u holl gampau gwallgo!
Ry'ch chi'n siŵr o gerdded y planc gyda hwn,
ac mae canu ar y Sul yn drosedd, mi wn!

2

Ym mhob tywydd, storm neu hindda,
O, dewch bawb, dewch i forio.
Byw ar y môr yw'r bywyd da ...
Io-ho, io-ho, io!

3

Dyma'r capten, Barti Ddu,
ac ar y llong, fe yw y bòs.
Mae'n dal, mae'n denau ac yn gas

mae'n hoff o'i hen chwip, yn ddi-os!

CRAC!

Does ganddo ddim llaw chwith,
a bachyn milain sy'n ei lle.

Mae hefyd yn brin o goes –
bwytwyd honno gan siarc i de.

Ym mhob tywydd, storm neu hindda,
O, dewch bawb, dewch i forio.
Byw ar y môr yw'r bywyd da ... Io-ho, io-ho, io!

Hwyliodd y llong pan oedd hi'n aeaf
drwy ganol y moroedd geirwon, gwaethaf,

gan ddilyn y sêr dan olau'r lloer
a brwydro drwy'r tonnau stormus, oer.

Ym mhob tywydd, storm neu hindda,
O, dewch bawb, dewch i forio.
Byw ar y môr yw'r bywyd da ...
Io-ho, io-ho, io!

6

Roedd Barti Ddu yn foi go farus,
fe garai gyfoeth ac aur yn enwedig,
a tasai neb
yn mynd yn ei erbyn,
câi ei adael, druan,
ar ynys bellennig.

Roedd map hynafol
gan y capten
Yn dangos lle roedd ei drysor.
Doedd dim yn well ganddo
na chyfri pob ceiniog
— am ddiegwyddor.

Ym mhob tywydd, storm neu hindda,
O, dewch bawb, dewch i forio.
Byw ar y môr yw'r bywyd da ...
Io-ho, io-ho, io!

9

A hoffet fod yn fôr-leidr?
Dyw e ddim yn beth hawdd, ar fy ngwir,
a tasai'r llynges yn dy ddala
caet dy gloi mewn cadwyni dur.

10

Mae digon o waith ar fwrdd y llong,
rhaid torchi llewys wrth forio.

Cywiro'r hwyliau,

codi'r rigin

a golchi'r pres nes ei fod yn sgleinio.

Ym mhob tywydd, storm neu hindda,
O, dewch bawb, dewch i forio.
Byw ar y môr yw'r bywyd da ...

Io-ho, io-ho, io!

11

Ar frig y don yn aml fe weli
bethau anhygoel i'w rhyfeddu —
Pysgod sy'n hedfan
a môr-forynion sy'n codi llaw
ac yn gwenu.

Dawnsiodd y môr-ladron yn llon
wrth anelu at y tir,
nid nepell o'r Caribî
a phlanhigfa wyrdd ac ir.
Roedd y criw ar fin cyrraedd
pan ddaeth gwaedd o'r dec tu draw.

14

'Mae octopws cas yn fy ngwasgu,
mae'n hyll ac yn codi braw!
Ym mhob tywydd, storm neu hindda,
O, dewch bawb, dewch i forio.
Byw ar y môr yw'r bywyd da ...
Io-ho, io-ho, io!

15

Roedd yr octopws yn anferthol –
gwasgodd y llong yn ei freichiau,
a'r môr-ladron dewr yn gwneud eu gorau glas
i ddianc rhag ei grafangau.

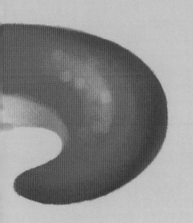

Yna camodd y capten i'r adwy
a'i daro â'i fachyn hyll, miniog,
ond fe wyddai ei fod mewn trwbwl,
roedd yr octopws yn gynddeiriog!

Ym mhob tywydd, storm neu hindda,
O, dewch bawb, dewch i forio.
Byw ar y môr yw'r bywyd da ...
Io-ho, io-ho, io!

Daliodd yr octopws yn dynn yn y llong, a dechreuodd yr anghenfil blymio. Ceisiodd Barti dewr roi stop, gan ddefnyddio'i chwip er mwyn brwydro.

Ond Suddodd y llong o dan y dŵr ...
dyna ddiwedd yr anturiaethau,
a bellach mae Barti'n cyfri ei gelc
yn ddwfn dan y môr a'i donnau.

Ymhob tywydd, storm neu hindda,
O, dewch bawb, dewch i forio.
Byw ar y môr yw'r bywyd da ...

Io-ho, io-ho, io!

Ond nid dyna ddiwedd
y stori –
dihangodd rhai o'r criw,

a syrffio ar ddarnau o froc
a phlatiau aur, at ynys i fyw.

20

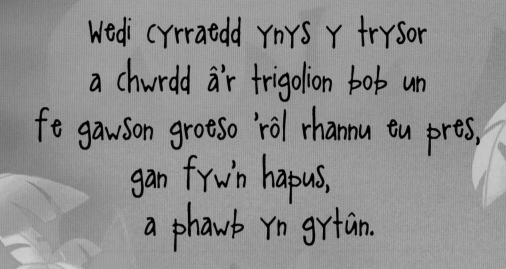

Wedi cyrraedd ynys y trysor
a chwrdd â'r trigolion bob un
fe gawson groeso 'rôl rhannu eu pres,
gan fyw'n hapus,
a phawb yn gytûn.

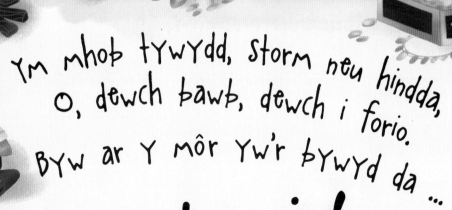

Ym mhob tywydd, storm neu hindda,
O, dewch bawb, dewch i forio.
Byw ar y môr yw'r bywyd da ...

Io-ho, io-ho, io!

FFEITHIAU MÔR-LADRONUS

Yn ystod yr ail ganrif ar bymtheg a'r ddeunawfed ganrif, trodd miloedd o ddynion a menywod at fod yn fôr-ladron er mwyn gwneud bywoliaeth. Caiff y cyfnod hwn ei alw'n aml yn Oes Aur Môr-ladrata.

Doedd y rhan fwyaf o fôr-ladron ddim yn claddu eu trysor! Byddai'r capten fel arfer yn rhannu'r ysbail rhwng y criw pan fydden nhw'n cyrraedd y tir mawr.

Doedd môr-ladron ddim yn byw'n hir iawn! Roedd yr amodau'n ofnadwy ar y môr a'r ymladd a'r brwydro'n golygu na fyddai'r môr-leidr mwyaf llwyddiannus ond yn medru gwneud y gwaith hwnnw am ryw ddwy neu dair blynedd.

Doedd môr-ladron ddim yn cerdded y planc!
Roedd ganddyn nhw nifer o gosbau erchyll eraill,
fel cael eich chwipio, ond doedd cerdded y planc
ddim yn un ohonyn nhw. (Ychydig o gelwydd
golau ar gyfer y stori yw hyn!)

Nid dynion oedd pob môr-leidr!
Roedd rhai menywod ffyrnig yn fôr-ladron hefyd,
fel Anne Bonny a Mary Read, roedden nhw'n
gwisgo fel dynion i guddio pwy oedden nhw go iawn.

Nid yn y Caribî y digwyddodd pob achos o fôr-ladrata!
Byddai môr-ladron yn ysbeilio llongau yng Nghefnfor
India, Asia, oddi ar arfordir gorllewin Affrica
ac mewn sawl rhan arall o'r byd hefyd.

Shiver Me Timbers!

2-3

This is the tale of a fearsome pirate crew,
They'll shiver your timbers with the things
  they do!
You're sure to walk the plank if you step out
  of line,
And singing on Sunday is a punishable crime!

Oh, the ocean waves may roll,
And the stormy winds may blow,
It's a life at sea for me ...
Yo ho ho!

4-5

Let's meet Captain Black,
he commands the pirate ship,
He's tall, lean and mean
and he likes to use his whip!

And he's missing his right leg
that a tiger shark once took.
Oh, the ocean waves may roll,
And the stormy winds may blow,
        It's a life at sea for me ...
              Yo ho ho

6-7

The pirate ship set sail in the
middle of November,
Across the stormy seas the
buccaneers did venture.

Navigating by the stars under the light of a
  full moon,
Battling against the waves, whipped
  up by a typhoon .

Oh, the ocean waves may roll,
And the stormy winds may blow,
It's a life at sea for me . . .
Yo ho ho!

8-9

Captain Black was very greedy,
– he loved gold doubloons,
And if anyone was mean to him,
they ended up marooned.

The captain had a map which led to lots of
  buried treasure,
Counting all his riches was this pirate's
  greatest pleasure.

Oh, the ocean waves may roll,
And the stormy winds may blow,
It's a life at sea for me ...
Yo ho ho!

10-11

So you want to be a pirate?
It's not like it seems in books,
And if the navy catches you,
you'll be treated like a crook!

There's lots to do on board and you'd better
  have sea legs,
Mending sails, hoisting rigging and scrubbing
  dirty decks.

Oh, the ocean waves may roll,
And the stormy winds may blow,
It's a life at sea for me ...
Yo ho ho!

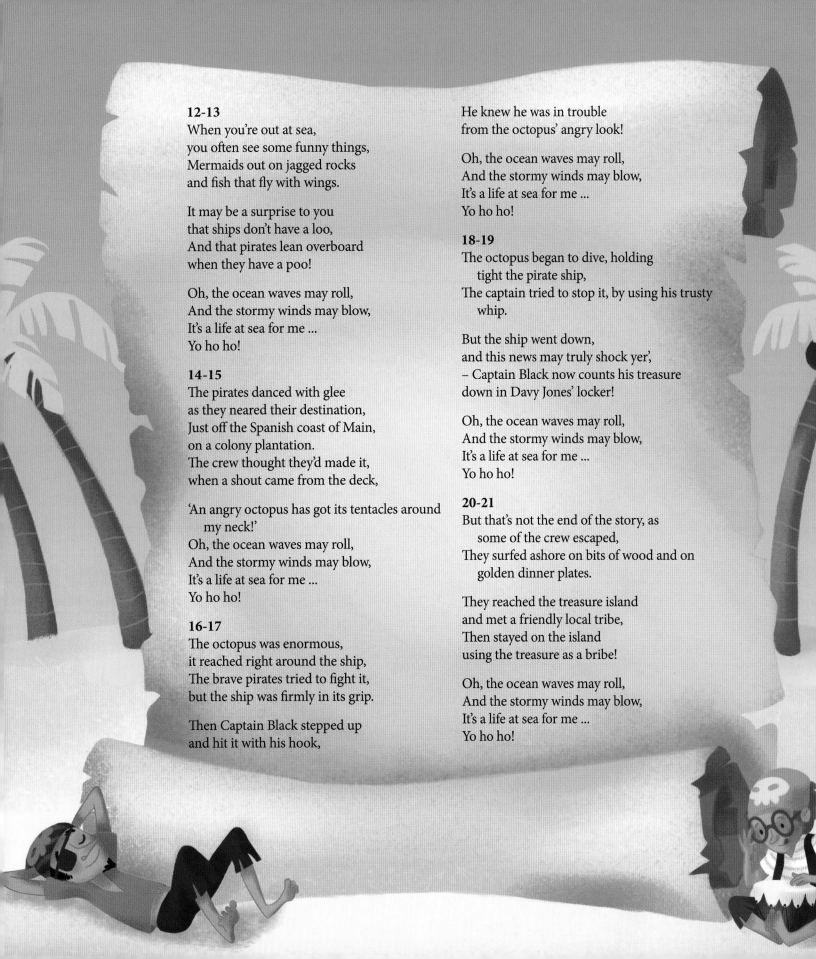

12-13

When you're out at sea,
you often see some funny things,
Mermaids out on jagged rocks
and fish that fly with wings.

It may be a surprise to you
that ships don't have a loo,
And that pirates lean overboard
when they have a poo!

Oh, the ocean waves may roll,
And the stormy winds may blow,
It's a life at sea for me ...
Yo ho ho!

14-15

The pirates danced with glee
as they neared their destination,
Just off the Spanish coast of Main,
on a colony plantation.
The crew thought they'd made it,
when a shout came from the deck,

'An angry octopus has got its tentacles around
    my neck!'
Oh, the ocean waves may roll,
And the stormy winds may blow,
It's a life at sea for me ...
Yo ho ho!

16-17

The octopus was enormous,
it reached right around the ship,
The brave pirates tried to fight it,
but the ship was firmly in its grip.

Then Captain Black stepped up
and hit it with his hook,

He knew he was in trouble
from the octopus' angry look!

Oh, the ocean waves may roll,
And the stormy winds may blow,
It's a life at sea for me ...
Yo ho ho!

18-19

The octopus began to dive, holding
    tight the pirate ship,
The captain tried to stop it, by using his trusty
    whip.

But the ship went down,
and this news may truly shock yer',
– Captain Black now counts his treasure
down in Davy Jones' locker!

Oh, the ocean waves may roll,
And the stormy winds may blow,
It's a life at sea for me ...
Yo ho ho!

20-21

But that's not the end of the story, as
    some of the crew escaped,
They surfed ashore on bits of wood and on
    golden dinner plates.

They reached the treasure island
and met a friendly local tribe,
Then stayed on the island
using the treasure as a bribe!

Oh, the ocean waves may roll,
And the stormy winds may blow,
It's a life at sea for me ...
Yo ho ho!

PIRATE FACTS

During the seventeenth and eighteenth centuries, thousands of men and women turned to piracy as a way to make a living. This period is often referred to as The Golden Age of Piracy.

Most pirates did not bury their treasure! The captain would usually divide the loot and share it with the crew when they reached land.

Pirates didn't live for very long! The tough conditions at sea, fights and battles meant that even the most successful pirates only lasted two or three years.

Pirates didn't walk the plank! There were lots of other horrible punishments, like being whipped, but walking the plank was not one of them (a little white lie in the story!).

Not all pirates were men! There were fierce women pirates like Anne Bonny and Mary Read, who dressed as men to conceal their identity.

Not all piracy happened in the Caribbean! Pirates plundered vessels in the Indian Ocean, Asia, off the coast of West Africa and in many other parts of the world too.